김유화 인문시집

꽃에게 배운다

이 도서의 국립중앙도서관 출판예정도서목록(CIP)은 서지정보유통지원시스템 홈페이지(http://seoji.nl.go.kr)와 국가자료종합목록 구축시스템(http://kolis-net.nl.go.kr)에서 이용하실 수 있습니다.
(CIP제어번호 : CIP2020000021)

김유화 인문시집

꽃에게 배운다

한누리미디어

축하 서문

시집 《꽃에게 배운다》 출간을 진심으로 축하드립니다.

사람이 사는 삶의 방식은 '길' 을 만드는 것입니다.

길이 된 요소는 마음에서 잉태된 감성을 머리로 전달하는 이성의 사리가 있습니다.

아인슈타인은 '공간을 확장하면 시간이 길어지고 풍요로워진다' 고 했습니다. 인간이 세상에서 사는 시간은 '무한' 이 아니라 '유한' 입니다. 그 유한한 시간을 좀 더 길게 늘이며, 우주만물의 길을 찾는 물리학적 개념은 과학이 아닌 시적인 '상상력' 으로 창조되어 가는 것입니다.

《제3의 물결》의 저자 앨빈 토플러가 말한 바, "미래는 지식과 과학이 열어가는 것이 아니라, 시적 상상력이 열어간다" 고 했습니다.

우리는 하나가 시작되는 '원' 을 모르고 숫자만 알고 있습니다.

흔히들 정치를 두고 '정치는 종합예술' 이라고 합니다. 그러기에 탐욕으로 얼룩진 오늘날의 아픈 정치를 새롭게 소생시키려면 어머니 같은 아름다운 감성의 꿈으로 겨울을 이겨내고 마침내 봄날의 꽃처럼 활짝 웃는 그런 정치인이 필요할 때입니다.

정세균 의원
(20대 국회 전반기 국회의장)

공자가 제자에 이르기를 "너희들은 정치를 한다면서 어찌 자연의 이치인 詩를 모르고 정치를 한다고 하느냐?" 정치인은 자연의 사물이 피고 지는 그 생명력의 섭리를 들여다 볼 줄 모르면 모든 것이 '허깨비' 라고 했습니다.

권력은 '사유' 가 아닌 '공유' 입니다. 민주당 전국지방여성의원 상임대표를 지냈던 김유화 동지는 그동안 자타가 공인하는 탁월한 의정 활동을 했습니다. 따라서 김유화 동지는 남다른 상상력, 감성력, 창의력을 담보한 시문학 예술과 소양과 정서와 인문철학적인 가치 의식을 가진 아주 보기 드문 정치인입니다.

고대 철학자 키케로가 말한 바, "인문학의 꽃은 시문학예술이다" 라고 했듯이, 정치의 꽃도 마음의 양식인 문학 예술적인 요소가 자양분이 되는 것입니다.

지식과 모방으로 대표되던 후진 정치시대를 훌쩍 넘어 이젠 선진 인류 창조의 AI시대로 가고 있습니다. 이 시대정신에 부합되고 융합될 수 있는 정치인의 희망을 겨울날 꽃씨처럼 꿈꾸어 봅니다.

시인의 말

봄을 이기는 겨울이 있으랴

'우주에 아름다운 연인이 있다' 했으니 그는 '새로움을 창조하는 詩' 라고 했습니다. 우주 만물을 항상 어린아이 눈처럼 티 없이 사물을 바라보는 시는 눈 오는 길을 걸어가는 첫 발자국 같은 깨끗한 길이라고 합니다.

인생의 삶은 세월의 변천에 따라 그 가치관이 바뀌어 갑니다.

하지만 인간의 본질은 땅속에서 꽃이 피어나듯이, 시적인 상상력 속에서 세상의 꿈이 시작되는 것이라 했습니다.

그 속성에는 정치, 교육, 경제도 마찬가지입니다.

사람의 머리는 이성과 감성으로 나누어져 있다고 합니다.

이성은 지식을 섭렵하여 생각하고 사고하며 꿈을 위해 도전하는 길을 만들어 갑니다.

그 반면 감성은 언제나 감동을 넘어 영혼을 움직이는 상상력으로 새 힘을 꿈꾸어 냅니다.

한 마디로 이성은 '꿈을 이루려는 힘' 이고, 감성은 '꿈을 꾸게 하는 힘' 입니다. 이처럼 사람의 머리가 이성과 감성으로 이루어졌는데, 머리의 반쪽인 감성을 잃고 살아갑니다.

그러기에 정치를 비롯하여 우리 사회 모든 일이 절대 손해를 보지 않으려는 이기심과 탐욕 때문에 이해관계에 따라 싸움을 일삼고 있습니다.

저는 어린 시절부터 예쁜 꽃을 보면, 그 꽃의 이름을 새롭게 지어 주고 싶은 충동이 생겼습니다.

지금 생각해 보면 그게 시를 쓸 수 있는 상상력과 창의력의 시작이었다고 생각이 듭니다.

어둠을 뚫고 내리는 이슬이 날마다 똑같은 자리에 떨어지지 않는 것처럼, 제가 걸어온 삶의 걸음도 그러한 새날 같은 기분이었습니다.

항상 크고 많은 것보다 언제나 색다른 길을 그려 나가려는 눈길이었습니다.

그런 저는 시간의 선물을, 상상력의 창문을 활짝 열어 놓고 시처럼 아름답고 향기로운 감성의 정치를 하려고 노력했습니다.

한 치의 빈틈도 없이 지식의 힘으로 관리 운영하고 감성의 힘으로 새로운 세계를 열어가는 정책을 만들어내는 데 혼신을 다하였습니다. 그 결과 지방의원을 하면서 정치를 가장 잘 하는 의원에게 주는 '매니페스토(manifesto)' 대상의 영광을 안기도 했습니다.

꽃이 예쁘지만 약하지 않듯, 여자가 약한 것이 아닙니다.

겨울을 이기고 봄날에 피는 꽃은 바로 어머니의 생명력입니다.

어린 시절 예쁜 꽃을 보면 꽃 이름을 다시 짓고 싶어했던 저 김유화는 사회인으로서 필요한 학문을 배우고 익히며 박사까지 올랐습니다.

타고난 저의 소질은 방송국 아나운서로 세상과 소통하는 법을 배웠습니다.

명확하고 고운 말로 다가가는 아나운서의 맑은 심성으로, 가정에도 꽃씨를 심는 행복의 꿈으로, 우리 사회관계에서도 나 하나의 꽃 한 송이 심어 예쁜 꽃밭을 만드는 희망으로, 자연처럼 하나가 되는 '물아일체'를 이루는 데 힘써 오면서 거친 황무지에서도 꽃 피고 새가 노래하는 정치적인 산이 될 수 있도록 나무 한 그루 정성껏 심는 길을 가고 있습니다.

산에 오를 때 산 정상보다 숲속을 보라는 말처럼, 저는 정치인의 자리를 탐을 내고 오르는 것이 아닙니다. 아름다운 메아리를 품은 산처럼, 사람의 소리를 가슴에 품고 사계절 자연처럼 운행하는 순리의 정치를 하고 싶어서입니다.

철 따라 생명이 탄생하는 자연을 닮은 사람의 산이 되겠습니다.

정치를 예술이라고 합니다. 그러하기에 정치는 이성의 머리가 아닌, 감성의 마음으로 꿈꾸어가는 것입니다.

꽃을 피워내는 흙 같은 감성의 마음이 바탕이 되지 않고서는, 아무리 좋은 이성의 생각일지라도 뜬구름 잡는 욕심일 뿐입니다.

집안에 아버지 어머니가 있듯이, 이 세상의 반반은 여자 남자입니다. 하늘 땅이 조화를 이룬 우주의 법칙인 것입니다.

선진 인류시대로 가는 4차 산업혁명 AI의 시대에 어머니의 풍요로운 아름다움이 숨 쉬는 사랑의 정치가 건강하게 살 수 있도록 그 꿈의 씨앗을 이 겨울날에 심겠습니다. 겨울을 이기는 꽃씨 하나 풀씨 하나 심겠습니다.

시와 정치는 봄날을 꿈꾸는 꽃씨나 풀씨나 똑같은 사랑이 되어야 하기 때문입니다.

제1부
같은 눈 다른 눈

제2부
가난한 사랑

| 차례 |

제3부

동백꽃 얼굴

제4부

꽃이 준 선물

제5부
꽃길을 연다

제6부
그 꽃 그 사랑

| 차례 |

제7부 연탄불 사랑

제8부 어머니의 세월

제 1 부
같은 눈 다른 눈

어머니 생명

산하 품에 안겨 사는 나무
영원한 행복
산천이 어머니 가슴이라
개발이란 괴물이
이 강산을
어머니의 뼈와 살을
도려내고 깎아낸다
어머니의 아픈 눈물
폭포처럼 떨어진다
자연에 손대지 마라
어머니가 슬퍼한다

인심

소식을 주는 일
오늘도 바람은
전하기도 하고 듣기도 하고
꽃소리 새소리 물소리까지
한시도 쉬지 않고
어떤 사람 인심이면 그럴까

그 자리

세월이 왔을 때는
반기지 않더니
세월이 가니까
무정하다 하는가
인생아
네 탓은 없더냐
가만히 있는
세월 탓하랴
오늘도 그 자리
새로운 세월이
네 앞에 왔는데

생명의 희망

하늘 향해 입을 벌린
나팔꽃 웃음 속에
밤새도록 찾아온 이슬방울 신비처럼
기적이 아닌 것처럼
우주의 마음이 달려 있다

여수 사람들의 고향

세월이 놓고 간 자리
사람들이 그려 놓은 삶의 무늬가
사랑의 색깔마다 고운 모습
행복의 웃음인 양
한 송이 두 송이 꽃처럼 피어나
꽃밭을 이루는 여수 흙산 경로당이여
추억일까 그리움일까
만나보고 싶은 옛날의 시간이 머문 향수
새벽 서리처럼 한 많은 세상 여정에서
별처럼 꿈을 품던 시절
허리띠 졸라매던 헐벗은 몸뚱아리
뜨겁게 뜨겁게 불태워
생명의 몸부림으로 일궈 낸 희로애락
내 어머니 달이 되고
내 아버지 해가 되어
이 땅을 만든 오늘날
내 아들아 내 딸아
오동도 동백꽃처럼
영취산 진달래꽃처럼
사람들의 찬양을 받은 선물이 되어
아름다운 영원한 노래를 부르나니

날마다 흙산 경로당 벽에 걸린 달력은
늙지 않고 옛날 그대로
하루하루 노을처럼 피어올라
행복한 잔치가 벌어진
사람의 몸짓 따라
바람 소리 파도 소리 갈매기 소리까지
어울려 노래하고 춤춘다
세월이 놓고 간 자리
봄날의 꽃을 닮은 사람들의 고향이 산다

다른 길

강물이 흘러가며
쉴 새 없이 말한다
인생도 나처럼 사는 거야
구름도 해도 달도 별도 품고 가잖아
왜 사람은 혼자만 가는 거야
나는 바다를 만나
더 큰 생명을 만날 수 있지만
사람은 갈수록 생명이 사라지잖아
어디로 가는지 알고나 갈까

선택의 길

힘 센 호랑이는 숲속에서 살지만
힘 없는 새는 숲속에서도 살고
하늘을 난다
하늘 향해 입을 벌린 나팔꽃 웃음 속에
밤새도록 찾아온 이슬방울 신비처럼
기적처럼
기적이 아닌 것처럼
우주의 마음처럼
이 시대 사람은 누굴 택할까

홍시의 기도

기다림의 기도
홍시 같은 사랑
사람에게도 있으면
이 겨울에
찬 바람도 사랑이다

홍시 꽃

어느 여인이냐
그 얼굴
젊은 시절은 몰랐던
무슨 꽃이냐
그 얼굴

홍시의 세월

홍시 얼굴이 곧 말할 듯 붉다
옛날 내 얼굴처럼
겨울이 와도
변하지 않는 너를 보며
내 얼굴을 만져 본다
그 세월 속에서
골목길 아이들 소리가 들린다
세월 속에 숨어 버린
그리움을 찾아 본다

산수유꽃 약속

세월의 색깔
영원한 사랑을 피워 낸 산수유꽃
봄날의 첫사랑
노란 그리움으로 인연으로
겨울날 빨간 사랑으로
자연의 꿈일까
인간의 그리움일까
꽃들의 소원 모아
세월도 쉬어 가는 꽃

꽃에게 배운다

꽃은 어디서 와서 어디로 갈까
꽃의 부모는 누구길래
비가 오면 그 비에 젖고
바람 불면 그 바람을 맞으며
피할 수 없는 운명의 자리
한평생 떠날 수 없는 꽃일지라도
무공의 시간
무언의 감정
무언의 탄생
아무렇게나 이유 없이 피지 않고
마지못해 사연 없이 살지 않는다
큰 꽃도 작은 꽃도 얼굴마다 색깔마다
자기답게 피어나서
남을 미워하며 욕하고 시샘하며 흉도 보지 않고
욕심도 부리지 않고
오직 자연에서 가장 사랑받은
생명으로 한평생 웃고만 살다가
때가 되면 길을 떠난다
겸손한 그 몸짓
진실한 그 향기
화려한 그 얼굴

아름다워라 아름다워라
사랑이라 불러 보는
그 이름
사람이 꽃보다 낫다고 하거늘
만분의 일이라도 꽃을 닮았을까

같은 눈 다른 눈

눈 눈 눈
아파트 옥상 위에
아스팔트 위에
눈은 눈인데
내가 놀던
그 눈은 어디 갔나
초가집 지붕 위에
속살을 드러낸 골목 위에
어머니 가슴처럼 소복이 쌓인
그 옛날 고향 집 눈이 보고 싶다
그 날의 추억을
눈송이처럼 만나고 싶다

겨울이 말한다

왜 하얀 눈이 겨울에만 내릴까
자연의 섭리로만 여길 수 없는 깨달음
예쁜 꽃 꿈꾸는 봄
푸른 이파리 사랑의 여름
아름다운 단풍 풍성한 가을
지지 않고 비우지 않고 바뀌지 않으면
죄를 씻을 수 있는
하얀 마음을 얻을 수 있을까
겨울이 말한다

겨울 흑과 백

세월은 겨울이면 하얀 눈을 내려 준다
지난 계절을 깨끗이 잊으라 한다
인간이 사는 동안
해 따라 달 따라 돌고 돌며 기회를 준다
겨울은 흑과 백으로 마음과 생각을 펼쳐 보인다
하얀 눈 위에
마음대로 쓰고 그려 보란다
세상이 네 것이다
이어서 13월을 꿈꿀까
새롭게 1월을 꿈꿀까

작은 설

작은 설
동짓날이다
1년 중
그대 미움은
낮처럼 짧아지고
그대 사랑은 밤처럼 길어지니
그대 생각 동지 꽃으로 핀다
긴 밤에 마음 비우고
새 꿈을 마음 담은 시간
나를 향해 품은 소망
점점점 달처럼 커지고 밝아 온다
기분이 좋다

님의 시간

동지팥죽보다
더 붉고 뜨거운
그대 그리움 피워냈더니
보고 싶다
하늘 땅만큼
이 추운 겨울에
나는 홀로 땅을 딛고 하늘을 올려 보며
외롭게 서 있는 나무란다
내 귀에 앉은 눈꽃송이 이야기처럼
그대 목소리 눈치 빠르게
내 귀와 만나면 좋겠다
지금 바람 손에 만난
그대 닮은
동백꽃처럼 웃으며

사람의 사랑

들판에 들꽃이 어디
너 하나만 피어 있겠냐만
언덕 아래 산을 넘어 강을 건너 알고 보면
어느 들꽃이 더 예쁜 모습으로 피어 있을지라도
내 눈도 걸음도 멈춘 자리
내 앞에 그 들꽃 같은 여인이 사랑이란다
자세히 보지 않아도 마음까지 보인
거울 같은 만남
그 여인과 하얀 눈을 품은
붉은 동백 같은 아름다운 인연
아기 예수가 탄생하는 날
내 마음에 사람의 사랑을 심었으니
종신 백년지계 막여수인이라
一年之計 莫如樹穀(일년지계 막여수곡)
十年之計 莫如樹木(십년지계 막여수목)
終身(百年)之計 莫如樹人(종신(백년)지계 막여수인)
1년의 곡식(돈) 심음도 좋고
10년의 나무(자연) 심음도 좋지만
100년의 사람(사랑)을 심음이
사람의 사랑이 가는 길이 아니런가
예수 탄생하는 날

사랑의 차이

겨울 날씨가 너무 춥다
사람마다 두 손을 호주머니에 넣고
길을 간다
나는 추위에 꽁꽁 언
두 손을 꼭 붙잡고
서로서로 어루만진다
내 안에 따뜻한 그대 생각이 꽃 핀다
봄이 오나 보다

제 2 부
가난한 사랑

꽃 박사

얼굴이 예쁜 꽃은 많이 보았지만
마음이 예쁘고 생각까지 아름다운 꽃은
네가 처음이야
내가 꽃을 연구하는 꽃 박사지만
너를 알았으니
박사 다시 받을까 봐
마음의 논문까지

날짜 인생

인생은 날짜를 먹고 산
하루 하루 하루
시간 시간 시간
일 년을 다 먹었다
날짜를 욕심으로 먹었던 사람
날짜를 사랑으로 먹었던 사람
그 두 사람 모두
2018년 날짜가 빚낸
365일
구슬 몇 알 남았다
이성 덩어리 욕심쟁이
저 사람은 돌이 될까
감성 덩어리 사랑쟁이
이 사람은
진주가 될까
텅 빈 마음에
새 날짜는 또 차별 없이
오는데
이 꿈을 어찌 할까

시간의 노래

몸에 힘을 주면
몸이 무겁다
밥을 많이 먹으면
배가 불러 춤을 못 춘다
행복의 노래 꿈의 노래 인생의 노래도 못 부른다
바닷물이 파도치며 즐거워하는 것은
모든 물을 사랑하기 때문이다
낙엽이 가라앉지 않고 자유롭게 떠다니는 것은
사계절을 살면서
하나도 몸에 진 게 없기 때문이다
꽃을 봐도
열매를 봐도
곡식을 봐도
무엇 하나 탐하지 않고
그들이 잘 자라도록
푸르게 푸르게
큰 손이 되었기 때문이다
새 해년이 인사한다

비워진 소리

일 년 내내
두드리면 끄떡없이
돌소리가 나더니
12월 들어
두드리니
북소리 장구소리가 난다
나를 위해 애쓴
달력은
내 삶을 위해 주기만 하더니
사랑을 희생을 행동으로
시간으로만 보여주고
말도 없이 온데 간데 없다
이제 오늘 밤
달 뜨는 소리 맑게 들어보련다
구름 사이로
해 뜨는 소리 밝게 들어보련다
바람 사이로
어머니 아버지 숨결처럼

파도와 노을

노을이 내려앉은
뒷모습을 보이는
석양 바다
붉은 얼굴 만지러 파도의 가슴이 뛴다
떠나는 님 못다 이룬 그리움일까
나도 파도 눈빛에
별 하나
내 눈을 담근다

착한 숨결

하얀 순결
하늘에서 나를 만나러
먼 길 오느라 힘들었겠지만
쓸쓸한 낙엽이 다칠까
소리도 없이 내려앉아 품는다
눈은 사랑을 다 준 낙엽과 닮았다
인생 삶 바쁘다 지쳤다 하지 말고
하루 이틀 정도는
나도 세상 시름 온데 간데 없이
낙엽 옆에 하얀 꿈이 되어 한숨 푹 자련다

송년의 노래

한 걸음 한 걸음
소리 없이 달려온 발자국
무술년 한해가
다 비우고
더는 줄 것이 없단다
저문 석양 하늘빛에
푸른 소나무 사이로
한 조각 구름처럼 넘어가는데
서운한 내 마음을 아는지
추억의 흔적인 양
기러기 깃털 하나
꽃잎인 듯 바람에 날려 온다

겨울나무야

겨울 날씨가 너무 춥다
사람들은 추위에 따라
따뜻한 옷을 입고 또 입는다
나무는 겨울 들어
한 번도 두꺼운 옷으로 갈아입지 않는다
단벌 옷 그대로이다
속살도 보인다
얼마나 고통스러울까
그래도 나무는 끝까지 꾹꾹 참는다
왜 참느냐고 물었더니
예쁜 꽃 행복하게 웃는 얼굴을 만나기 위해
아름다운 봄날의 꿈으로 가는 길이란다
겨울밤 하늘에 떠 있는 달을 품고

날짜 사랑

올해의 삼백예순다섯 날
시간의 바구니 텅텅 비워
하나 남은 맨 마지막 시간
사람아 너는 무엇을 비웠느냐
날짜처럼 비우지 않고
배가 터지게 채운 사람들에게는
새날이 오지 않는다
그 말이 들리지 않느냐

나의 세월

해가 저물면
어머니가 보고 싶다
달이 뜨면
어머니가 그리워진다
나는 꿈속에서
새로운 세월이 산다
낮에 아우성인 사람들 때문에 멍멍했던
내 귀를 씻어내어 준다
나만의 세월의 소리를 들으며
하늘 너머 어머니를 만난다
한 해가 산 넘어간 해처럼 져도
새해가 물 건너온 달처럼 내게로 온다
바람소리나 나의 숨소리나

예수의 사랑

하늘의 소리가 들리는
예수 탄생의 밤
노을이 꽃이 되고 별이 되어 흐르는 시간
사람들은 하늘 땅을 다 얻었다
사랑으로 숨 쉬는 세상이 시작되는 영광
예수님이 사랑을 말하지 않았다면
생명의 사랑도 내 부모님 사랑도 내 이웃 사랑도
어디서 만날 수 있었을까
행복한 꿈 기쁨의 꿈
영원한 숙제가 된 차별 없는 사랑
날마다 눈송이처럼 내리고
쌓이다가 햇볕 오면 조건 없이
땅속에 피가 되어 흐른다

생명의 불빛

예수의 이름으로
사랑을 믿고
촛불이 켜진다
생명의 눈물이다
오늘 밤
불빛은
캄캄한 바위 속 사이까지

가난한 사랑

아기 예수가 낳으셨다
어른 예수가 보인다
우리 집같이 가난한 집에
우리 집같이 힘 없는 집에
하늘이 우리 집에 내려왔다
선하고 가난한 내 마음이 사는 자리에
하늘 땅이 창조된 처음의 시간으로

사랑의 거울

오늘 밤
아기 예수를 만나고 싶으냐
마음이 풀잎이다더냐
얼굴이 꽃잎이더냐
흐르는 물결 위에
달도 별도 싣고 가는 구름 속을 보아라
천사들의 노랫소리
바람결에 들어보아라
아기 예수는
네 마음
사랑의 거울 속에 비추나니

꽃은 웃는다

가마솥 찜통 더위에
나무도 그늘을 만들고
풀도 제풀에 꺾여 고개를 숙이고
사람은 하루에도 수없이 변덕 몸살을 하는데
꽃은 웃는다
햇볕이 쏟아질수록 더 웃는다
꽃은 참는 걸까
햇볕을 이기는 걸까
나도 웃으면 꽃처럼 될까

어머니의 꽃

달빛이 꽃잎을 날립니다
눈처럼 소리 없이 쌓이고
흔적 없이 스며드는
어머니의 하늘 같은 사랑을 봅니다
달이 안 보인 걸 보니

서로 다른 시간

비바람 몰아치는
가로등 아래 매달린
거미줄에 생사를 맡긴 거미
건물 처마 밑에 거미줄 치고
비바람 소리를 듣는 거미
같은 시간
서로 다른 삶
운명일까 숙명일까
숱한 세상의 하루

인생만사

老覺人生 萬事非(노각인생 만사비)
憂患如山 一笑空(우환여산 일소공)이라
늙어서 생각하니
세상만사가 어젯밤 꿈결처럼
아무것도 아니며
삶의 걱정이 태산 같았으나
한바탕 소리쳐 웃으면 그만인 것을
태풍이 지나간 후에 알았네

회사생활도 마찬가지
가정생활도 마찬가지
들판에 들꽃들의 웃음을 보라
산천에 나무들의 자리를 보라
바람이 세상을 향해 불어오듯이
내 인생을 내가 부르며 살아가라
남의 이름 부르며 살다가
말 없이 가는 세월 허무하다

그 사랑

가보지 않는 인생길
하루하룻길
무얼 못 잊어
바쁘다 고달프다
덧없이 끝내 가는 길
빈손 하나가 그리 멀까
사랑 아니면 무엇이랴

제3부
동백꽃 얼굴

시인의 노래

(無自欺 思無邪)
무자기 사무사
마음속에 진실을 심고
생각함에 사악함이 없으면
얼굴에 꽃의 아름다움이 피고
몸에는 물의 맑은 기운이 산다
꽃 피는 봄을 막을까
솟아 오른 샘물을 막을까
시가 된 자연이 온다

인생은 아름답고 역사는 발전한다

– 김대중 대통령 추모시

노무현 대통령을 보내면서
'엉엉 펑펑' 우셨습니다
어린애 수십 명이 당신의 입술에서 울었습니다
당신의 반쪽이 무너졌으니
얼마나 슬프고 아팠겠습니까
당신의 반쪽이라면 사람의 반쪽이 아니라
민족의 반쪽이고 이 땅의 반쪽일 것입니다
당신의 작은 몸에
이 나라와 이 땅의 반쪽이 살고 있었습니다
"인생은 생각하면 생각할수록 아름답고
역사는 아무리 더디어도 앞으로 발전한다"
연필이 무거울 때까지 시를 남기신 당신
연필이 주인을 잃을 때까지 글을 남기신 당신은
사람의 양식이었고
꽃을 사랑하신 당신은 전생에 무엇이었길래
당신을 사형장에 밀어 넣은
독재자 원수도 사랑하고 용서하신 당신은
예수의 말씀을 실천하신 행동하는 양심이었습니다
김대중 대통령님 당신은 살아서도 죽어서도
민주와 사람과 민족의 이름이십니다
오늘 밤에 별 하나 더 큰 얼굴입니다

겨울 동화

마음은 아직도
어린이 눈싸움 놀이
눈앞에 내리는 눈송이처럼 자유롭지만
흰 머리 하얀 눈
그 동심을 만나
서로 옛날 꿈 이야기
나는 많이 늙었는데
너는 눈사람 만든 손이구나
눈사람이 동화가 되는
겨울이 그립다
겨울도 눈도 그대로인데

12월 단상

가을 지나
탈탈 마음 비운
헐벗은 가지 끝에
바람 한 조각
생에 지친 양
힘없이 걸려 있고
까치가 울어대면
기쁜 소식 들려오나
괜스레 전화기를 만진다
굶주린 새 귀처럼

12월 눈을 떠라

세월보다
크고 아름다운 것은 없다
불꽃처럼 뜨거운 가슴
꽃의 자리를 남겨주고
사라져 간다
얼마나 아름다운 일인가
스스로 선택한 어둠을 위해서
마지막 그 빛이 꺼질 때까지
사람들이 허무한 꿈을 찾았던
무너진 시간을 위로한다
눈을 떠라 상상의 귀를 들어라
세월을 만질 수 있는 손을

평등한 생명

밥솥에 흰쌀이 흰밥으로
서로서로 가슴과 가슴을 안고
얼굴과 얼굴을 맞대며 뜨거운 꿈을 부풀린다
하얀 꽃송이처럼
크고 작은 것도 없이 고만고만 똑같다
끈적끈적한 그 정
평등의 사랑을 보여준
생명 존중의 양식
세상에 와서 너를 만난 것이
가장 큰 선물이었다

사람들의 노래

산천아 들판아
냇물아 강물아
이 땅에 모든 사랑이여 생명이여
얼마나 부르고 싶었던 이름인가
이제는 바람처럼
너의 이름 밤낮으로 부르고 부르며
꿈에는 그리움 생시에는 사랑이 되겠다

광복의 입술로
민족의 가슴으로
저 햇살의 뜨거운 눈동자로
저 달빛의 환한 얼굴로
아버지의 생각으로 어머니의 마음으로

한 걸음 한 걸음마다 바람보다 가볍다
귓가에 들리는 사람들의 이야기
새들의 노래인가
꽃들의 향기인가
이 날의 목소리
광복의 무대에서 민족의 역사를 부른다

하얀 땅

이유도 조건도 없어요
당신의 길입니다
내가 땅입니다
이 기쁨 언제 다 쓸 수 있을까요
욕심내면 욕심내면
바람이 몰고 간다지요
햇살이 가져간다지요
오늘만은 오늘만은
대설만큼 대설 큰 마음만큼
그대가 계산 없이 쏟아주는
사랑만큼 사랑만큼
나도 눈이 되고
그대가 될래요

하얀 생각

사람들은 겨울이 추워서 싫다고 한다
나는 겨울이 좋다
눈이 오니까
그대가 내 가슴에 쌓이니까
내 가슴이 꽃밭이 되니까
그대만 생각하면 봄날이니까

눈과 아내

눈이 내리더니
쌓이지 못하고
금방 녹아 버린다
왜냐고 물었더니
나보다 더 하얀 사람이 있으니 부끄럽단다
내 아내 마음 위에
거짓 없는 착한 눈
사람은 끝까지 자기가
더 하얗다고 고집부리는데

12월 독백

달력 한 장
겨울인데
여름보다
뜨겁다
꿈의 한해를 채웠을까
욕심의 한해를 비웠을까
보내는 마음
한해를 맞이할 생각
한쪽 손은 쥐면서
한쪽 손은 펼치면서
똑같은 세월 길에서
항상 빈손이다

12월 얼굴

삶의 꿈 달력 한 장
까치밥 하나 홍시
나부끼는 낙엽 한 잎
해질 무렵 노을 실은
찬바람도 멈추는데
내 마음은 달을 품을까
꿈을 앞세워
별까지 딸 욕심

2020 햇덩어리

무슨 별의 빛일까
무슨 꽃의 색깔일까
무슨 꿈의 그림일까
바다에 누워
어머니처럼
고요히 고개 든 얼굴
하늘에 올라
아버지처럼
뜨겁게 솟는 얼굴
세상의 영광
인생 환희의 날개
2020년
경자년의 햇덩어리
붉은 씨앗
내 가슴에 뿌린다
봄날의 꽃밭을 그린
나의 꿈을 품은 햇덩어리
나의 꽃씨를 깨운다
사계절 필 반가운 손님

일출의 선물

어두운 시간
세상의 꿈이 깬다
사랑이 된 얼굴
힘찬 희망으로
산 위에서
바다 속에서
사람의 새 역사를
탄생시키는 일출
인류와 약속 지킨 생명과 만남
기다린 시간
365일 선물
그 얼굴 반갑다 기쁘다
얼마나 행복할까
새날 별이 내 눈 속에 내린 새벽부터
그 소망 나를 위한 황금돼지
또 무엇을 바랄까

사랑이 된 노래

- 노무현 대통령 추모시

당신을 오래 오래 보지 않아도
더 긴 시간을 보았습니다
쉼 없는 세월이 머물며
못다 한 사연을 나누고 있으니
당신은 멀리 있어도
날마다 가까운 밤의 꿈입니다
그래도 역사의 거울이 된
님이라 부르는 노무현 당신의 얼굴을 만나
추억과 그리움이
봉화산 바람처럼 영원한
사랑의 노래를 불러보고 싶습니다

인생이 부른다

늙어가면서 스스로에게 잘 대접하라
은행에 있는 돈은 내 돈이 아니다
돈은 내가 쓸 때 돈이다
인생 살면서 그렇게 쓸 돈이 많은가
백 년도 못 사는 인생
천만 년 욕심으로 사는가
더 늙기 전에 이 젊음 가기 전에
사랑으로 아름다움으로
땅에 꽃으로 피어 살아라
죽어서 하늘에 별이 되면 뭐 할까
유한한 시간
세상을 벗 삼아 인생을 애인 삼아
소풍처럼 걸어라
여행처럼 보아라
저 산에 걸친 해를 만났느냐
저 강에 빠진 달을 품었느냐
인생이 부른다
발도 있고 눈도 있지 않느냐

세월의 길

선달 보름 소한날
하늘 얼굴 둥근 달빛이
기해년 새날의 기분을 두드리는
눈송이로 세상을 만난다
꽁꽁 언 겨울 몸
햇빛 하나님을 만나
별들도 그리운 세월
산 너머 봄 노래 들어본다
인정 없는 찬바람 품고 날아가는
철새 한 마리
소한길에 세월의 길을 연다

인생 열차

고향으로 가는 인생 열차
짐 보따리 많으면 많을수록 좋지만
세월로 가는 인생 열차
짐 보따리 작으면 작을수록 좋다
고향길은 머무는 구름 같지만
세월길은 흐르는 물 같아라
세상에서 이고 진 욕심
고향길에 다 내려놓고
세월길 미련 없이
고향길 설렘처럼 사랑으로
걸어가자
꼭 필요한 것만 챙기고
바람처럼 가볍게 훨훨 날며

동백꽃 얼굴

그 시 한 번 붉다
빛나는 그 시구에도 보인다
시인은 아파도 슬퍼도 웃는다
꽃의 존재
동백꽃이 있어
겨울이 봄을 꿈꾸는 여인인 줄 알겠다
꽃들의 자장가인 줄 알겠다
겨울 이슬처럼
메마른 추운 나무 옆에
고단함도 붉은 웃음에 담은
동백꽃이
왜 봄보다 먼저 피어 있는지 알겠다

제4부 꽃이 준 선물

동백꽃 세월/ 광복의 노래/ 빛나는 선물
그 꽃과 이 꽃/ 편지 꽃 편지/ 가족 사랑/ 꽃과 사람
꽃과 봄/ 꽃이 준 선물/ 꽃도 꿈을 꾼다/ 꽃소리/ 몸과 마음
그 눈길/ 눈 오면 봄 온다/ 마음에 꽃씨를/ 나무야 새야
매화의 이야기/ 그 이름 그 향기
달과 어머니

동백꽃 세월

아무도 웃지 않는 겨울 추위에
동백꽃은 무슨 운명으로 났을까
동백꽃은 얼마나 쉽게 살면
시린 눈송이에도 웃는가
얼마나 마음이 예쁘면
찬 바람에도 웃는가
나도
동백꽃이 될까
시가 될까
붉은 그 얼굴
푸른 그 이파리
그대와 한 몸으로
세월을 그린다

광복의 노래

산천아 들판아
냇물아 강물아
이 땅의 모든 사랑이여 생명이여
얼마나 부르고 싶었던 이름인가
이제는 바람처럼 너의 이름 밤낮으로 부르고 부르며
꿈에는 그리움 생시에는 사랑이 되겠다

광복의 입술로
민족의 가슴으로
저 햇살의 뜨거운 눈동자로
저 달빛의 환한 얼굴로
아버지의 생각으로 어머니의 마음으로

한 걸음 한 걸음마다 바람보다 가볍다
귓가에 들리는 사람들의 이야기
새들의 노래인가
꽃들의 향기인가
이 날의 목소리
광복의 무대에서 민족의 역사를 부른다

빛나는 선물

당신을 부르면 꽃이 웃는다
당신을 부르면 향기가 대답한다
그대는 생각만 해도 기분 좋고
그대만 있으면 행복한 꿈
내 인생의
달보다 별보다
빛나는 선물
그대는 영원한 나의 님이여

그 꽃과 이 꽃

같은 점과 다른 점
꽃은 만나 보아야 예쁘지만
그대는 생각만 해도 아름답다
꽃은 시들 때도 있지만
사랑은 한 번도 시들지 않는다

편지 꽃 편지

봄 편지 봉투에
꽃 편지 우표를 붙여요
아직은 겨울이라고요
눈앞에 온
대설 지나면 입춘이 아닌가요
그대 생각 벌써 꽃망울이 돋는데
봄이 아닐까요
사랑의 편지를 쓸 때
님이 편지를 받고
웃는 표정을 그릴 때
마음이 설레지 않나요
소년 소녀 시절이 없었군요
더 늙기 전에

가족 사랑

겨울이 얼음이 꽁꽁 얼었다
세상인심도 겨울 따라 꽁꽁 얼었다
그러나 나는 얼지 않았다
두툼한 얼음장 밑으로
경쾌하게 흐르는 물소리
가족 사랑 누가 볼 수 있을까
내 마음 속에 보인다

꽃과 사람

사람들은 꽃을 예뻐한다
당신은 꽃이 되어 본 적 있나요
아무리 작은 꽃도
기죽지 않고
아무리 작은 꽃도
그냥 피는 꽃은 없다
사람이 꽃보다 낫다
어쩔거나
봄은 오고
꽃은 약속처럼 피는데
사람은 변해 간다

꽃과 봄

봄날이 꽃을 부를까
꽃이 봄날을 부를까
꽃 없는 봄
꿈에서도 아찔하다
내 마음에
꽃씨 하나 심어 놓고 살자

꽃이 준 선물

꽃은 가까이 보아야 예쁘지만
멀리서 보아도 예쁜 꽃이 있다
꽃망울이 맺힐 때 예쁜 진달래꽃
반 정도 피어야 예쁜 매화꽃
활짝 피어야 아름다운 살구꽃
꽃을 보고 미워할 사람 있을까
꽃들이 부러워하는 선물
생각만 해도 예쁜 꽃
사람의 여인

꽃도 꿈을 꾼다

지금 당신의 삶이
겨울처럼 꽁꽁 얼어
풀리지 않나요
걱정 마세요
봄날을 맞이할 꽃도
겨울 추위를 품고
꿈을 꾸고 있으니까요
다만 당신은 봄날에
꽃밭을 꿈꾸는지
꽃길을 꿈꾸는지
무슨 꽃을 꿈꾸는지
그것이 문제예요
한 송이 꽃처럼
꿈을 꿔 보세요

꽃소리

땅속에서
꽃들이 꿈꾸는 소리
새근새근
봄날이 얼마나 궁금할까
엄마의 뱃속에서
세상이 궁금했던
내 인사처럼
'응애응애'
꽃소리
생명의 소리
올봄에는
나도 따라 들으련다

몸과 마음

낮에
어질러 펴진 삶
어둠에 다 지우고
단 한 가지
겨울밤이 엿듣는
그대 생각
고요한 이 시간을 싸서
꿈속으로 들어간다
꽃이 별이 되는
물아일체의 몸

그 눈길

오늘 알았네
낙엽이 바람에 떠돌던 시간
어제 쓸쓸했던 그 자리
하얀 눈이 덮어 준
내 인생길

눈 오면 봄 온다

어젯밤 눈은
땅으로 내리지 않고
내 마음 속으로 내렸다
산도 들도 있는 이 땅의 풍경
그리웠던 하얀 눈이
설레는 가슴에 쌓인다
사랑하는 평화의 기도
소리가 들린다
눈 내리는 하늘
눈 덮인 세상
사람의 노래가 아니면 무엇인가
수많은 눈꽃 송이
한 몸으로 누우며
봄을 연습한다
땅속에 꽃씨를 깨운다
어둠을 하얗게 그린 눈
막힌 귀에도 앉는다
감긴 눈에도 피어난다
눈 오면 봄 온다

마음에 꽃씨를

음력 선달로 매듭짓는 절후
대설 추위라지만
춥지 않은 소한 없고
포근한 대한 없다
점점 커 가는 선달이
부르는
봄 편지 앞에
눈 속에 얼음 속에
찬 바람에 얼굴을 씻은 꽃씨
햇빛 한 모금 달빛 한 모금
연지 곤지 찍고
거울을 보며
내 마음에 꽃씨를 부른다

나무야 새야

나뭇가지는 바람의 길동무이다
변심 많은 바람은
나뭇가지를 부러뜨리고
또 어쩔 때는 뿌리까지 뽑아버린다
그래도 나무는 항상 그 자리에서
생이 다할 때까지
새로운 나뭇가지를 만들어 낸다
누구를 위해서일까
새가 날아와 앉을 자리를 위해서다
그 많은 나뭇가지에 다 앉지를 못하고
생을 마치는 복 많은 새
집도 쉴 곳도 많아서 좋겠다
새는 나무와 전생에 무슨 관계였을까
사람의 쉴 곳은 언제쯤 자연을 닮아 살까

매화의 이야기

겨울 찬 바람으로
마음을 씻고
하얀 눈송이로
향기를 꿈꾸며
세속에 나와
그 고운 살결로
그 맑은 향기로
아름다운 이야기를 들려주는데
사람들은 무엇을 말하는지
알아듣지도 못하면서
"매화꽃이 폈네
매화꽃이 예쁘네"
입 달린 사람마다
눈에 달고 입에 연다
입 다문 매화
사랑도 모르는 사람들을
귀만 눈썹만치 뜨고
먼 산처럼 바라보며

봄에 필 꽃들을 손꼽아 본다

그 이름 그 향기

매화야 매화야
동매화야
설중매야
홍매화야
백매화야
찬 바람에 소녀의 얼굴 빛을
내밀었을까
아니면
눈보라에 시집 갈
날 받아 놓은 큰아기
고드름에 비친 얼굴일까
그 색깔 한 번 꿈이다
그 향기 봄으로 가는
맑은 거울이다

달과 어머니

초승달에서 보름달 커 가는 길
어느 계절이 불러도
어느 산과 바다가 불러도
달은 달은 혼자
하늘길을 간다
수많은 별이 밤새도록 유혹을 해도
구름 속에 살짝살짝 미소인 듯 숨어
일그러진 모습 보일지라도
본 얼굴 변치 않는 달로 떠서
어둠을 밝히며 세상을 보는
우리 어머니 그 얼굴이 아닐까

제5부
꽃길을 연다

행복의 무게

행복은
채우는 것보다
비우는 것이지요
그래서 내가 행복할까요
나는 가볍게 새처럼 날아가는데
사람들은
멍에 멘 소처럼
무겁게 높은 산을 올라간다

허공의 길

하늘에 수많은
큰 구름 작은 구름 먹구름 흰 구름이 흘러간다
별을 따려나
사람들의 꿈을 싣고
별은 그대로인데
사라질 뜬구름을 찾아
허공만 바라보는 사람의 눈
한 치 앞이 안 보인다
도수 높은 안경 무슨 소용 있을까

님의 얼굴

당신 웃음 한 번에
미세먼지가 금세 사라지고
먼지에 가린 고름은
꽃으로 피고
갈 길 잃은 바람은
향기를 풍긴다
님의 웃음 속에
거울이 보인다

사람 세상으로

하늘도 세상이 보기 싫은가 보다
얼마나 속상하면
눈을 감아 버린다
파란 하늘이 황색 마스크 탈을 쓰고 있다
물질로 더럽혀진 사람들
미세먼지로 마음까지 파고든다
하늘도 막아줄 수 없는 미세먼지
기술 과학이 이룬 악성 바이러스가
부메랑으로 온다
이성과 지식과 명예와 권력과 돈은
세상 생긴 이래
날마다 투쟁뿐이니
사람아 욕심아
앞으로 어떻게 살까
여인처럼 살자
어머니처럼 살자

백 년의 꽃길

100세 인생길
말로만 건강으로만 돈으로만 갈 수 있을까
욕심은 그대로 두고
오래 살고 싶으면
욕심을 내려놓고
그 자리에 꽃씨를 심어봐요
피고 지고 또 피고
나는 오늘
인생의 가슴에
앞으로 100년의 꽃씨를 심었어요
그게 시예요
첫눈길부터
꽃들이 백년길에서 웃고 있네요

사람의 날개

사람의 눈으로
사람의 마음으로
큰 바위가 행복하게 보이세요
작은 꽃이 행복하게 보이세요
새처럼 높이 높이 날고 싶으세요
나비처럼 예쁘게 예쁘게 날고 싶으세요
삶을 무겁게 살지 마세요
사람이나 짐승이나 무거워서
날아갈 수 없는 거예요

사랑이여 님이여

그 소녀의 꿈
나비가 되어 먼 길 날아왔건만
매화꽃 향기 봄을 부르는데
위안부 맞을 봄은 오지 않고
하얀 눈송이 마음속에
꽃봉오리 맺지 못한 세월 사랑
한평생 불러봤지만
귀먹은 세상 밤길보다 어두워라
산천에 떠도는 바람
어디로 갈까
말없이 웃는 꽃의 고요한 사연
뉘라서 알 길 없어
꽃잎에 달린 이슬방울
흙 품에 안긴 그 소녀
그날의 어머니가 가꾼
예쁜 고향 땅
꽃씨로 다시 가셨나요
김복동 할머니
지고 피고 지고 또 피어나서
땅보다 아름다운
하늘의 꽃밭을 이루소서

숨 쉬는 아름다움

사람들은
아름다운 것을 보면
내 것이 아니라고
부러워만 합니다
저 하늘에 뜬 별
밤새도록 나의 꿈을 지키다
아침 밥솥에
내려앉아
나와 한 몸이 되었습니다
그래도 내 것이 아닐까요
저 들판에 핀 꽃
향기로 사랑을 말하며
내 눈길이 닿는 곳마다
온종일 웃습니다
이래도 아름다움이 남의 것일까요
그럼 당신에게
무엇을 어떻게 해 줘야 아름다움일까요
모든 아름다움은 등잔 밑이 어두울 뿐입니다

아름다움을 말하라

돈이
자연을 이길 수 있을까
권력이 공중의 새처럼 날 수 있을까
돈과 권력이 어느 순간
바위는 깰 수 있고
새집을 부술 수는 있지만
당신이 가진 돈과 권력은
철이 다 가기 전에 떨어진
날개 없는
나무 이파리만도 못한 몸뚱아리다
풀 한 포기만도 못한 당신이
꽃이 되고 별이 되길 꿈꾸는가
탐욕에 손대는 것은
자연에 손대는 것이다
너 안에 있는
아름다움에 손대라
산처럼 들처럼
죽어서도 영혼이 살려면

봄을 부른다

입춘(立春)
24절기의 문
봄을 부르고 꽃씨를 깨우고
새해를 상징하는 절후
대들보 · 천장에 대문에
입춘대길 건양다경(立春大吉 建陽多慶) 등
좋은 뜻의 글귀를 써서 붙이며
세월 길을 부른다
땅속에서 속삭이는 그리움
산천을 만나기 전 설렘
나의 사랑으로 만날
그 얼굴
겨울 속에 봄일까
봄 속에 겨울일까
이래도 저래도
잘 어울리는 선물이 될 꿈
아름다움이라 사랑이라
나는 그대 마음 속에 심어 놓은 꽃씨
봄이여 꽃이여

꽃길을 연다

입춘이 왔다고 봄이더냐
꽃 핀다고 보이더냐
여인이 예쁜 옷을 입을 때
그날이 꽃길을 연 봄이다

설날의 약속

겨울이 있어
꽃이 피었어요
인생도 쓸쓸함 속에
아름다움이 싹 트고 있어요
밤하늘의 달을 보세요
그보다 더 외로울 수 있나요
설날부터
바람을 부르는 나무처럼 살아요
햇살을 부르는 꽃처럼 살아요
사랑을 부르는 사람처럼 살아요
설날처럼 살아요

꽃의 노래

사람이 모르는 꽃은 있을지라도
이름 없는 꽃이 어디 있을까
큰 꽃이 예쁠까
작은 꽃이 고울까
무슨 색깔의 꽃이 아름다울까
꽃 피고 지는 생명의 노래를
누가 지울 수 있을까
들에 피든 산에 피든
양지에 피든 음지에 피든
봄에 피든 가을에 피든
계절에 상관 없이
난 자리를 탓하지 않고
기죽지도 않고
꽃답게 차별 없는 웃음으로
사람을 본다
세상을 본다
꽃은 그렇게 꽃의 진리가 있으니
사람이 어찌 꽃만 못할까

세월의 향기

동백이여 동백꽃이여
겨울 내내 얼마나 아팠으면
하얀 눈으로도
지울 수 없는 붉은 얼굴
한 해를 넘기고도
그 빛 봄을 부르고
꽃을 깨우누나
그 사랑
그 여인 같은 아름다운
세월의 향기
눈을 감아도 보인다

새해 새날

하루보다 더 귀한 선물이 있을까
올해도 삼백예순다섯 날이 담긴
꿈 많은 보석 상자 시간이
내 앞에 배달되어 있다
하루에 하나씩 무엇을 비우고 채울까
날마다 무엇을 채우고 비울까
아름다운 일
좋은 일에만
사용해야 할 텐데
자연의 가슴으로
사람의 마음으로
깨끗한 영혼이 사는
꽃과 잘 어울리는 사람으로

나의 꽃길

표지판 하나 없는
세월은 세상의 사연을 품고
소리 소문 없이 잘도 가는데
인생은 이정표가 너무 많아
삶의 길 앞에서 갈팡질팡 헤맨다
등잔 밑이 가까운 길인 걸
내 마음은 등 너머 꿈속에 있고
저 마음은 눈앞의 꽃길에 있으랴

꽃의 고향

봄은 꽃을 부르고
인생은 사랑을 부른다
꽃을 보며 웃음만 나온다
꽃을 보며 힘들어 할 수 없고
꽃을 보며 욕할 수 없다
꽃의 고향은
사람의 마음이니

촛불 비둘기

광화문 겨울바람에 물었습니다
살랑살랑 봄바람 숨 고르고 있단다
북한산 겨울나무에 물었습니다
울긋불긋 꽃바람 얼굴 씻고 있단다
역사가 말합니다
사랑 따라 살련다
촛불이 말한다
민심 따라 살련다
봄이 없는 사람
어찌 꽃 피기를 바라는가
꽃 피워 낼 봄
촛불이 태운다
비둘기 한 쌍
평화의 노래를 부른다
사람아 사람아 의와 선으로
촛불 비둘기 촛불 비둘기 날개가 되라

희망의 노래

대동강 물이 풀린다
들풀의 발가락을 씻긴다
한강 물도 풀렸다
들꽃의 얼굴을 닦는다
들판과 산천이 한눈에 보인다
바람처럼 불러라 평화의 노래
물결처럼 춤춰라 통일의 춤
사람의 노래 메아리가 울린다
봄이 온다 햇살 따라
꽃이 핀다 사람 따라

제6부
그 꽃 그 사랑

꽃이야/ 봄 얼굴/ 꽃의 꿈/ 내 소망
백 년의 거울/ 평화가 웃는다/ 그 이름을 부릅니다
꽃 한 송이/ 평화의 노래/ 봄길 꽃길/ 매화꽃을 만나 보았나요
꽃과 돈/ 사랑의 풍경/ 꽃길/ 사랑의 세월
그 꽃 그 사랑/ 사람을 위한 꽃이다
꽃잔치/ 늙은 꽃이 있으랴

꽃이야

저 꽃대
찬 서리 찬 바람 눈보라 맞으며
저절로 나서
겨울을 즐겼을까
봄을 기다렸을까
때를 알고 철을 알고
해걸음 따라 달걸음 따라온 너
때가 넘어도 팔려고 하는 사람
철이 지나도 떠나지 않는
정치인보다 훨씬 낫다
그래서 자연은 피기 위해 지고
사람은 죽기 위해서 사는 것이니
내일모레면 꽃이 될
네 얼굴을 보며
부끄러워 눈을 감는다
꽁꽁 언 겨울길 오느라고
애썼다
박수를 보낸다
축하한다
내가 보낸 박수소리
미리 만난 봄바람 같다

봄 얼굴

3월
봄봄봄 봄이 왔다고
당신 같은 마음인 줄 믿고
가슴을 열었더니
꽃샘바람에 걸린 옷자락
겨울 꿈이 좀 스며 있어요
당신이 한 번 더 웃어야
꽃도 따라 웃을 것 같아요
당신 얼굴처럼 꽃이 피어야
봄인가 봅니다
사람을 닮은 봄 얼굴

꽃의 꿈

겨울은 땅을 꽁꽁 얼게 했지만
나는 그래도 꿈을 꾸었다
조용한 꽃씨처럼
아지랑이
저 강을 건너
눈앞에 다가온 아지랑이 눈빛
그 옛날 엄마 가슴에서 뛰어놀던
내 모습이 보인다

내 소망

봄날은
예쁜 얼굴을 완성시킨다
꽃의 소망
꼭 내 꿈과 닮았다

백 년의 거울

– 대한민국 임시정부 수립 100주년의 날에

지구상에
식민지 된 나라가 95% 이상이란다
그 많은 나라 중에 네 나라만 식민지가 안 되었단다
그중에서 독립을 위해 임시정부를 세운 나라는 대한민국뿐이란다
5천 년 길 위에 얼마나 위대하고 자랑스러운 민족이 아닌가
님은 님은
인류의 빛일까
자연의 빛일까
대한민국 임시정부를 세워 독립운동을 했던 독립 운동가님들을
언어의 신술인 시인도 무슨 시어로 빛낼까
이 땅의 예쁜 꽃 옆에 고약한 독초가 지금도 기생하니
저 하늘 착한 흰 구름 옆에 사나운 먹구름 지금도 울고 있으니
별이 된 님이시여 꽃이 된 님이여
비가 되고 눈이 된 사연입니다
백 년을 하루처럼 백 년을 내 마음처럼
꿈은 시간 속에 사라지지만
오늘도 지워지지 않는 역사의 거울 앞에서
님을 바라봅니다

평화가 웃는다

김정은 트럼프
평화로 가는 길
뭘까
그 많은 들풀
그 많은 들꽃
싸우지 않는 땅을 닮아 가는 길
밟아도 일어나는 생명
떨어져도 피어나는 약속
인류의 사랑을 찾아
자연으로 가는 길

그 이름을 부릅니다

자연의 가슴으로
사람의 눈으로
평화의 날개로
꽃 얼굴이 사랑이 될 때까지
꽃향기가 말을 할 때까지
별이 밥이 될 때까지
물이 피가 될 때까지
바람이 숨소리가 될 때까지
세월이 쉬어갈 때까지
그 이름을 부릅니다

꽃 한 송이

많은 꽃밭을 부러워할 필요 없다
너와 나의
꽃 한 송이면
평화로운 들판의 꽃밭을 만들 수 있다
많은 시간을 쌓아놓고 살 필요 없다
너와 나의 하루 하루면
자유스러운 세상의 시간이 기다리고 있다
문재인 대통령과 김정은 국무위원장 사이를 보니
사랑도 평화도 그러하다

평화의 노래

2월은 꽃샘바람도 정신없이
가는 짧은 달
바쁘다 바쁘다
삶의 의미를 둔 사람들
세월만 먹고 사는 사람들
벌써 2월이 간단다
그래도 올 2월은
싸우지 말고 살자
봄이 먼저냐 평화가 먼저냐
사이좋게 불어오니
꽃이 나를 따라 웃는다

봄길 꽃길

2월 달은 참 좋겠다
3월 봄도 만나고
꽃도 보고
님도 보고 뽕도 따고
봄길을 열고 꽃길을 열어 준
2월 너
언젠가 큰일 낼 줄 알았다
민족의 봄길로 사람의 꽃길로
나란히 나란히 꾸며 놓을 줄 알았다

매화꽃을 만나 보았나요

매화꽃 향기로
노래하는 섬진강 물결소리가 들리나요
그대가 꽃이 되고 사랑이 되는
섬진강 매화를 애인처럼 만나 보았나요
사람의 얼굴 매화의 꽃잎
거울 앞에서 보셨나요
그리움 실가지마다
그대의 사랑을 기다리는
매화를 만나야 사랑의 봄이 됩니다

꽃과 돈

욕심이 없는 사람의 마음에는
꽃의 향기가 스민다
탐욕이 없는 사람의 귀에는
꽃의 노래가 들린다
겨울을 보낸 이 꽃
봄은
해 년마다
새 꽃하고
첫 사랑이라 쓴다
사람은 사랑을 돈이라 쓴다

사랑의 풍경

꽃이 그리워서 봄이 왔어요
당신이 따뜻해서 꽃이 피었어요
봄 같은 나의 가슴
꽃 같은 너의 얼굴
꽃처녀 봄총각
사랑의 손길이 그린 풍경

꽃길

꽃이 피어나는 곳에는
누구라도 봄이 된다
꽃이 피어나는 곳에는
누구라도 향기가 난다
꽃길을 걸으면
누구라도 사랑이 된다

사랑의 세월

제일 일찍 핀 꽃
가장 오래 핀 꽃
산수유꽃
제일 일찍 사랑한 집
가장 오래 행복한 집
우리 집

그 꽃 그 사랑

가깝게 보아도 멀리 보아도 예쁜 꽃
오래 보면 오래 볼수록 정든 꽃
자주 보면 자주 볼수록 사랑하는 꽃
많이 보면 많이 볼수록 행운 꽃
가장 먼저 핀 꽃
가장 오래 핀 꽃
그리움을 담고
꿈을 품고
행복을 안고
노오란 평화의 꽃
사람을 위해 핀 꽃
아름다운 사랑이 약속한 꽃
자연의 어머니 같은 꽃
그 꽃 그 사랑 꽃

사람을 위한 꽃이다

꽃 한 송이 필
봄 같은 가슴도 없으면서
꽃밭을 이루기를 바라는가
세월이 빠른가
사람의 마음이 빠른가
사람은 꿈이란 이름으로
탐욕을 포장할 뿐이다
산천의 수많은 꽃
사람을 위한 꽃이다
너도 꽃 한 송이
잘 피워 내어
세상의 아름다운 얼굴이 되라
그 꽃 한 송이 피울
하루 하루의 선물이 너에게 온다

꽃잔치

전화를 안 받으면
봄길 따라
꽃길 따라
사랑 잔치 벌리고 있는 줄 알아라
꽃들의 이야기에 빠져
전화벨이 안 들릴 것이니

늙은 꽃이 있으랴

꽃이 오래 핀다고
늙은 꽃이랴
사람이 오래 산다고
늙은 사람이랴
섭리에 따라 피는 꽃처럼
순리에 따라 사는 사람이면
자연보다 크거늘

제 7 부
연탄불 사랑

세월의 미학/ 진달래꽃 약속/ 빈집에 꽃
진달래 얼굴/ 사람도 자연의 꿈/ 100살 생일/ 미인의 눈
민들레 편지/ 사랑의 길/ 사랑의 길이/ 작은 꿈/ 연탄불 사랑
연탄 하룻밤/ 연탄 불씨/ 새 꽃이 핀다/ 평화의 새 사랑
민족의 노래/ 눈꽃 송이 인생
대추나무 이름

세월의 미학

어머니 주름살
세월이 그린 미학
어머니 주름살
의술이 그린 성형
어느 쪽이
더 아름다울까
돈으로 만든 얼굴보다
세월이 그린 어머니 얼굴

진달래꽃 약속

핵무기 묻어 놓은 연변 땅
약산 진달래꽃 약속
올봄에도
피어나겠지
오늘 피어난
남쪽 진달래 작은 꽃봉오리
저 하늘 아래
핵무기 보기 역겨웠던
진달래꽃
꽃잎마다
세월 실은 향기 되어
봄 소리가 들린다
예쁜 내 동생 입술에서
고운 내 아내의 눈빛에서
아름다운 사람들의 얼굴에서
진달래꽃 이야기가 보인다
산에서 들에서 평화의 바람이 노래할 거야
통일이 될 때까지

빈집에 꽃

사람이 떠나버린 빈집
바람에 흔들리는 울타리
잡고 허공을 바라보는 나팔꽃
허물어진 담장에 기대어
사립문 지키는 맨드라미
누이동생 키만 한
장독대 앞에 봉숭아야 채송화야
우리 어머니 얼굴
달처럼 피어나던 우물가에 목련화는
흰 구름 불러 외로운 지붕에 내려놓고
까치가 물어 날리던 세상 그리움
감나무 가지마다
서성이는 세월의 그림자
앞마당에 옛날처럼 햇빛은 놀고
뒷마당에 옛날처럼 달빛이 찾아왔지만
전설 같은 그 시간
아직도 동심에 놀고 있는데
우리 어머니는 내 마음에 있누나

진달래 얼굴

아무도 없는
산속의 고요를 안은
진달래야 진달래야
누가 봐주지 않아도
솔잎 사이로 너를 보는 햇살
짝사랑하는 시간
구름인들 바람인들 설레는
그날의 소녀의 마음
그리움이 그려낸
연분홍 진달래를 바라보니
왜 사랑의 마음이 보일까요
사랑을 위해 사랑으로 피어난
진달래 얼굴

사람도 자연의 꿈

고요히 고요히
수많은 구름이 피어나서 흘러가고
조용히 조용히
수많은 꽃들이 피어나고 사라지고
인생 희로애락 울든지 말든지
꾸밈없는 자연의 꿈이 웃는다
나는
구름이 될까
꽃이 될까
인생의 끝길
그날을 생각하며

100살 생일

대한민국은 민주공화국이다
헌법 제 1조 1항
4월 11일 100살 생일
민족의 이름으로 축하하며
100송이 꽃을 선물한다
3.1만세 소리가
산천의 메아리처럼
민족의 숨결이 아니었다면
차마 그날이 없었다면
지금도 일제 식민지
선조님의 그 애국심으로
토착왜구가 사라지는 대한민국을
새롭게 또 백 년
때를 아는 해처럼
꿈을 품은 달처럼
평화의 노래 통일의 춤
해 년마다 새봄처럼
꽃을 피워라
사람의 사랑이 맞잡은 손
나란히 나란히
역사가 웃는다

미인의 눈

예쁜 장미꽃도
밉게 보면 가시만 보이고
돌멩이도 곱게 보면
세월의 무늬가 보인다

민들레 편지

민들레꽃이 달빛도 잠이 든 밤
하얗게 눈을 뜨고 솜털 같은 글씨로
편지를 쓰고 있어요
바람을 타고 그대에게 보낼
사랑의 땅을 꿈꾸며

사랑의 길

너도 작고
나도 작은
하얀 빛 민들레꽃
보랏빛 제비꽃
우리보다 더 작은
들풀의 사랑을 받으며 산다
민들레 제비꽃
그 사랑 그 소식
온 들판에 전한다
나는 누구에게 사랑이었을까

사랑의 길이

담장 위에서
세상을 내려보다
고작 발밑에 떨어지고 만다
예쁜 장미꽃 고운 백합꽃
얼굴 큰 목련꽃 키 큰 나팔꽃
꼭 내 인생 같다
몸이 작은 꽃이라고
마음까지 작을까
민들레 제비꽃 멀리멀리 날아간다
꼭 내 인생 같다
생명의 행복을 싣고
평화의 거리
사랑의 거리

작은 꿈

오월이 낳은 작은 꿈
작은 꽃씨앗이라고 얕보지 마라
작은 풀씨라고 깔보지 마라
지금 이만큼 큰 나무가 되고
사계절 꽃으로 피기까지는
우리 모두 그때는 작았다

연탄불 사랑

추울 때만 찾는 사랑
불 불 불이다
옛날 같으면 연탄이다
뜨겁게 아낌없이 온몸을
불태우다 아침이면
골목길 모퉁이 쓰레기통에 버림받은 사랑
하얀 속살이 다 드러나도록
빨간 불길로 뜨겁게 태웠던 연탄재
나는 누구에게 사랑주고 버림받은
삶이 있었을까
내 가슴에 검은 연탄
한 장이나 있었을까

연탄 하룻밤

연탄아
너는 왜 하룻밤만 지새우고 나면
검은 몸이 뽀얗게
미인의 살결처럼 변하니
사랑이 깊으면 얼굴도 예뻐지는가 보구나
나도 너처럼 사랑하는 법을 배우련다

연탄 불씨

사랑의 불씨를 심어 놓은
연탄구멍마다
그 불길은 꽃밭을 이룰 때까지
한 번도 자리를 옮기지 않고
처음부터 끝까지 불꽃을 피운다
사랑을 행동하는 시간
무엇이 생사일까

새 꽃이 핀다

저 들판에 작은 들꽃
고요히 고요히
말이 없는 사연 뉘라서 알까
얼마나 빛나는 햇살이 사랑했고
얼마나 그리운 비바람이 흔들어 깨웠을까
그러다 잠들면
또 얼마나 많은 눈보라가 꿈꾸었을까
남과 북 봄 산을 찾아가는 길
봄꽃이 만나는 자리
아무리 하늘이 높다 한들
땅 위에서 보인다
민족이 나란히 나란히
걸어가야 할 평화의 길
봄꽃처럼 만났으니
가을 단풍처럼 물들어 가면
끝내 온 산천이 웃는 얼굴로
하얀 눈 위에 세월 바람 숨 쉬며
사람의 새로운 이름을 쓴다
꽃피는 봄 산에 나비 한 쌍이 춤을 춘다
단풍든 가을 산에 비둘기 한 쌍이 노래한다
꽃샘추위를 이겨낸 평화의 새 꽃이 핀다

평화의 새 사랑

아무리 담아도
밑 빠진 장독처럼
채워지지 않는 그리운 소원
가을 호수 같은
내 마음 속에
하늘이 내려앉아
흰 구름 얼싸안은
한 몸으로 '물아일체' 다
평화다 통일이다
지금부터 평화는 내 사랑이다

민족의 노래

– 문재인 대통령과 김정은 국무위원장 평양공동선언에 붙여

전쟁 핵무기 없는 평화의 땅
먹구름 속에서 울어대던
천둥소리
가을바람 타고
하얀 구름에 실려 오는 메아리
이 산에도 저 산에도
가까이 가까이 더 가까이 울린다
평화는 계절처럼 온다
통일은 설날처럼 온다
누가 막을까
이 계절
누가 막을까
이 역사
일본 식민이 되길 바랐던
민족의 반역자 친일파 잔재가 막을까
군사 독재자의 정권 안보 놀음의 화투짝이 되었던
보수 수구 세력의 후신들이 막을까
평화의 노래
하나 된 민족의 설날

눈꽃 송이 인생

세상에 사람이 머무는 자리
눈 위를 걸어가는 기러기 발자국 같은 것
무엇을 그리 흔적을 남기려고
하얀 눈 위에 검은 그림자 탐욕으로
눈꽃 송이 같은
짧은 깨끗한 인생 시간을 낭비하는가
눈 위에선 발자국인 것을
햇살 내리면 대낮 꿈처럼 사라질
눈꽃 송이 같은 인생 아닌가
세상이 고달프다 하지 말고
내 인생을 예술처럼 살아가라
지금 내리는 눈 위를 걷는 기러기처럼

대추나무 이름

덩치 큰 낙락장송도
키 큰 잣나무도
떼 지어 사는 잡나무도
벼락을 잘 맞지 않는데
왜 대추나무는 벼락을 잘 맞을까
철분이 많기 때문이다
돌보다 쇠보다 강한 벼락 맞은 대추나무
다른 나무처럼 물에 뜨지 않고
아래로 아래로 가라앉는다
단단한 대추의 붉은 사랑과 겸손한 마음이다
돈벼락 권력 벼락을 맞고 싶은 사람들
아직 가을 햇살 품고 있는 대추알
세월 먼저 이 사람 저 사람 손이 따 버린다
엄마 사랑 닮은 달을 품고
아빠 열정 닮은 해를 안고
대추나무에 내 이름 도장을 새긴다

제8부 어머니의 세월

달빛 선물/ 사람이 선 자리/ 낙엽
시간의 편지/ 꽃이 웃는다/ 나무는 말한다
하얀 소망/ 삶/ 겨울 애인/ 바람은 울었다/ 세월 사랑
갈대의 사연/ 그리운 소리/ 어머니 모습/ 어머니의 세월
보름달 사랑/ 어머니 길 보름달 길/ 가을비 사랑
파도의 꿈/ 무인도

달빛 선물

보름달은 먹구름을 걸치고 하늘에 핍니다
사랑은 욕심을 거두고 마음에 핍니다
보름달처럼 내 마음도
남을 비쳐주는 삶을 살고 싶습니다
초승달에서 보름달까지
점점 커지는 달빛 선물 같은
생을 살고 싶습니다

사람이 선 자리

지금
내가 선 자리
언제까지 서 있을까
날리는 눈은
어디로 떨어질까
내리는 비는
내일도 이 자리에 떨어질까
시간의 길에서
나는 무엇일까
내 그림자는 말이 없다

낙엽

자유로운 영혼
사랑의 바람이
땅을 구른다
하늘을 날을 연습
오랜 시간의 꿈을 벗어나

시간의 편지

첫눈이 보낸 편지
일 년 일찍 핀
보랏빛 들국화
일 년 늦게 핀
보랏빛 들국화
가을날
시간이 바빠서 만나지 못한
그 얼굴
들국화처럼 꽃씨를 품고
새로운 계절에 다시 필 수 있을까

꽃이 웃는다

햇볕이 땅에 내린다
먹구름이 가린다고 가려지려나
꽃보다 예쁜 사람의 눈으로
욕심의 어둠을 찾아가는 길
꽃이 웃는다
산꽃도 들꽃도 웃는다
꽃의 웃음 욕심으로 피어난 게 아니란다

나무는 말한다

저 산에 나무들
한 번 난 자리
단 한 번도 남의 자리 탐내지 않고
숲을 이루며 잘 어우러져 산다
나는 이 세상
인간의 산에서
숲 속에 나무 한 그루처럼 살지 못함이 부끄럽다
크면 큰 대로 작으면 작은 대로
자연의 주인인 나무
세월과 함께 사는
행복보다 더 큰 기쁨
생명의 이야기를 본다

하얀 소망

첫눈은 공정하다
땅에도
내 마음에도
똑같이 내린다
첫눈은 사랑이다
기다린 꿈을 이룬 듯
기쁨을 준다
사람의 소망은
눈이었을까
별이었을까
하늘이 캄캄한 걸 보면

삶

키 큰 나무 키 작은 나무
잘난 나무 못난 나무
처음 난 자리
평생 서서 살다
마지막에 한 번 눕는다
사계절 비바람 눈보라 눈물이었을까
세월길 달빛 햇빛은 기쁨이었을까
별을 싣고 가는 구름이 부러웠을까
사람들의 변화무쌍한 삶을 알고는 있었을까

겨울 애인

하늘 손님이 내리는
반가운 시간
세월이 준 선물
설레는 가슴 열어 놓고
님의 발걸음
일 년에 딱 한 번
그리운 짝사랑이 만나는 순간
꿈이 만나는
겨울 애인 눈꽃 송이

바람은 울었다

바람은 풀을 만나면 춤을 추었고
바람은 꽃을 만나면 노래했고
바람은 갈대를 만나면 갯벌처럼 울었다
세상에 그립고 슬픈 날
세상에 기쁘고 외로운 날
언덕 없는 들판을 달리고
바위 없는 산천을 넘는 새처럼
허공을 떠도는 구름처럼
나도 바람에 메마른 몸을 날리는
갈대꽃에 숨어 울었다
나그네는 지는 노을보다 붉게 울었다

세월 사랑

몸은 거칠어도
마음은 부드러운 갈대
남 몰래 아픈 사연
갯벌에 흘린 눈물
힘을 뽐내며 살 수 없어
쓰러지더라도 힘을 빼며
흔들리며 살았다
사랑을 찾는 노을 기다리며
바람을 품는 갈대의 그리움
세상 찬 바람 온몸에 안고
춤을 추며 노래한 세월 길손아

갈대의 사연

순천만 갈대
겨울 바다가 부른다
가을 들판이 잡는다
어디로 갈까
기러기는 가자고 날고
황새는 가지 말라 날고
갈대가 흔들리며
우는 사연
운명일까
숙명일까
운명도 숙명도
세월보다 빠른 사람인들 어찌 알까

그리운 소리

낙엽이 떨어지는 소리
기쁨일까 아픔일까
착한 사람 그리운 사랑을 만나고
악한 사람 인연의 이별을 본다
한 나무에서 단풍도 낙엽도 같은 운명이거늘
세월 쌓아 놓은 추억의 이야기 들리는가
사람도 그러하니
무슨 꿈인들 한 가지로 영원할까

어머니 모습

낙엽이 누워 있다
밟고 지나가란다
내 발걸음에 노래가 된다
단풍은 여러 색깔로 사랑을 꾸었지만
끝내 갈색 빛으로
물들인 낙엽
어머니의 젊은 사랑은
추억의 그리움으로
어머니의 노년 사랑은
세월의 생명으로
자연만이 흉내 내는
어머니의 모습
사람의 길이 아닌
자연의 길에서 만난다

어머니의 세월

바람이 불고 있습니다
낙엽이 말을 합니다
사람도 마른 낙엽처럼
살았으면 좋겠습니다
나무에 매달려도 땅에 떨어져도
생명입니다
가고 없는 세월 속에
어머니를 봅니다

보름달 사랑

꽃도 과일도 보름달 빛을 먹고 익어갑니다
나도 어머니 사랑을 먹고 익어왔습니다
그런 나는 초승달 때부터
삶을 그리워하며 보름달이 되었습니다
이제 더도 말고 덜도 말고
보름달 사랑을 모두에게 돌려주고 싶습니다
추석이 지나면 다시 초승달로 돌아가겠습니다

어머니 길 보름달 길

음력 팔월 보름이면
온 세상을 훤히 밝히는
둥글 둥글 보름달이 뜬다
삶이 힘들고 고단하고 슬프고 속상해도
보름에 한 번씩이라도
보름달을 내 삶에 달아 놓고
편안한 시간을 느껴 보자
저 보름달이 되기까지
초승달은 작은 몸짓으로
먹구름 속에서 울고
천둥번개에 놀라고
햇볕이 뜨거워
물에 빠진 적이
한두 번이 아니었으니
고요한 달도
우리를 키우며 고생하신
어머니 삶과 같았으리
세상길 하늘길 같은 것이 아닐까

가을비 사랑

시를 쓰는 가을비
우산을 준비할까요
그리움을 준비할까요
비를 맞고 있는
들꽃도 들풀도
우리 따라 하나 봐요

파도의 꿈

꿈의 절망일까
꿈의 사랑일까
바다 위에 꽃이 피어
날아온 파도
모래 속에
사라지지 않는
고요한 시간
부활하는 생명 편지
썼다가 지웠다

무인도

꽃이 핀 적도 못 봤는데
새 소리도 듣지 못했는데
그 곳에 가면
파도가 놓고 온
하얀 사랑이 달려 있는 섬
말이 없어도
밥을 안 먹어도
욕심이 없는
진실만 사는 시간
꿈 속 같은 세상이 있는
그 무인도에
내가 보인다

김유화 인문시집

꽃에게 배운다

•

지은이 / 김유화
발행인 / 김영란
발행처 / 한누리미디어
디자인 / 지선숙

•

08303, 서울시 구로구 구로중앙로18길 40, 2층(구로동)
전화 / (02)379-4514, 379-4519
Fax / (02)379-4516
E-mail/hannury2003@hanmail.net

•

신고번호 / 제 25100-2016-000025호
신고연월일 / 2016. 4. 11
등록일 / 1993. 11. 4

•

초판발행일 / 2020년 1월 2일

•

•

값 12,000원

•

※잘못된 책은 바꿔드립니다.
※저자와의 협약으로 인지는 생략합니다.

•

ISBN 978-89-7969-813-8 03810